Mandy Ahrweiler

Als die Angst und ich Freunde wurden

story.one – Life is a story

story.one

1st edition 2024

Production, design and conception:
story.one publishing - www.story.one
A brand of Storylution GmbH

Font set from Minion Pro, Lato and Merriweather.

ISBN: 978-3-7115-0625-2

„Angst liegt nie in den Dingen selbst, sondern darin, wie man sie betrachtet."

- Anthony de Mello

INHALT

Ich habe keine Angst, aber die Angst holt mich immer dann ein, wenn ich sie am wenigsten erwarte.

Einleitung

Meine Kehle fühlt sich trocken an während mein Herz in unermesslichem Tempo rast. Ein Schlag, zwei Schläge, dann setzt es aus, um kurz danach starker zu schlagen. Meine Ohren rauschen und ich merke, wie die Luft meinen Lungenflügeln entweicht. Ich stehe auf, setze mich hin, versuche mich zu beruhigen, doch es funktioniert nicht. Immer schneller versuche ich, Sauerstoffpartikel in mich aufzusaugen, vergebens. Meine Sicht ist eingeschränkt und ich weiß mir nicht anders weiterzuhelfen, als meine Mutter zu rufen. Panisch versuche ich ihr zu erklären, dass ich glaube, zu sterben.

…

Okay, ich denke, du bist nun etwas verwirrt. Ich kann dich beruhigen. Ich habe überlebt, denn sonst würde ich diese Zeilen nicht verfassen. Kommt dir dieser Zustand bekannt vor? Dachtest du vielleicht auch einmal, dass du sterben würdest? Dachtest du es mehrmals? Begleitet dieses Gefühl dich auch an Tagen, die eigentlich schöner nicht sein könnten? Dann ist dieses Buch für dich. Gerne würde ich dir die Angst vorstellen.

Was ist eigentlich Angst?

Wenn ich die Angst beschreiben müsste, würde ich behaupten, dass sie ein Teil unserer Existenz ist. Angst schützt uns. Das mag nun paradox klingen, aber meiner Meinung nach ist an dieser Behauptung etwas Wahres dran.

Angst ist ein Gefühl oder Zustand, der dafür sorgt, dass unser Körper Adrenalin ausschüttet. Und ja, Adrenalin kann unseren Körper schützen. Das beste Beispiel ist das einer allergischen Reaktion. Wenn ein Mensch aufgrund von einer Allergie einen tödlichen Schock erleidet, kann Adrenalin das Leben retten. Adrenalin verengt die Gefäße und sorgt dafür, dass sowohl der Kreislauf als auch der Blutdruck sich stabilisieren. So bleibt genügend Zeit, um ärztliche Hilfe zu beanspruchen.

Das reicht mit den Fakten. In diesem Buch geht es nicht darum, wie man einen Allergieschock am besten bewältigt, aber um etwas dergleichen. Angst ist facettenreich. Manche Menschen verspüren das Gefühl von Angst, wenn sie sich bedroht fühlen. Andere wiederum haben Angst vor bestimmten Situationen oder Lebewesen, gar Gegenständen;

Und dann gibt es noch mich. Ich habe keine Angst, aber die Angst holt mich immer dann ein, wenn ich sie am wenigsten erwarte. Sie ruht in mir, während ich das Gefühl habe, an ihr zu ersticken. Bricht sie einmal vollends aus, versuche ich gegen sie anzukämpfen. Ihr die Stirn zu bieten. Das mag für einige Menschen jetzt lächerlich klingen, aber heute führe ich eine Freundschaft mit der Angst, weil ich sie mehrmals kennenlernen durfte. Bei jeder Begegnung mit ihr konnte ich sie immer mehr verstehen und ihre Daseinsberechtigung ergründen.

Wie äußert sich die Angst bei dir?

Sie ruht in mir, während ich das Gefühl habe, an ihr zu ersticken.

Das Kennenlernen mit der Angst (Teil 1)

Die Angst lernte ich schon im frühen Kindesalter kennen. Schattenspiele oder Geräusche in düsteren Nächten, Albträume, gar leere Straßen vermittelten mir das Gefühl von Angst. Mit den Jahren lernte ich, dass Angst durch die Symbiose von Fantasie und Realität entstanden war. Als ich dachte, ich würde die Angst schon lange gekannt und als Freund wahrgenommen haben, hatte ich mich getäuscht. Sie holte mich wieder ein und diesmal konnte ich sie nicht begründen. Ich war 20 Jahre alt als die Angst sich regelmäßig wie ein Lauffeuer in mir ausbreitete. An jenem Tag lag ich im Bett und schaute mir einen belanglosen Vlog auf Youtube an. Auf einmal machte sich ein unwohles Gefühl in mir breit, welches ich nicht identifizieren konnte. War ich krank? Ich schaltete den Vlog aus und versuchte, mich auf das Gefühl zu konzentrieren. BUMM! Mein Herz stolperte, obwohl da kein Hindernis war. Mein Atem beschleunigte sich, obwohl ich mich körperlich nicht verausgabt hatte. Als sich meine Ohren dann anfühlten, als hätte man sie mit Watte ausgestopft, begann sie, die Panik. Ich stand auf und lief mein Zimmer unruhig auf und ab.

Meine Kehle fühlt sich trocken an während mein Herz in unermesslichem Tempo rast. Ein Schlag, zwei Schläge, dann setzt es aus, um kurz danach starker zu schlagen. Meine Ohren rauschen und ich merke, wie die Luft meinen Lungenflügeln entweicht. Ich stehe auf, setze mich hin, versuche mich zu beruhigen, doch es funktioniert nicht. Immer schneller versuche ich, Sauerstoffpartikel in mich aufzusaugen, vergebens. Meine Sicht ist eingeschränkt und ich weiß mir nicht anders weiterzuhelfen, als meine Mutter zu rufen.

Panisch versuche ich ihr zu erklären, dass ich glaube, zu sterben.

Als ich diese Worte aussprach, sah ich in die ungläubigen Augen meiner Mutter. Sie sagte, ich solle mich beruhigen und versuchen, ruhig zu atmen. Ich fühlte mich hilflos. Dem Tode ausgesetzt. Als ich meine Mutter dann darum bat, ihren Kopf auf meine Brust zu legen, nahm sie mich ernst. Sie zog sich einen Cardigan über und wir fuhren in die Notaufnahme eines nahegelegenen Krankenhauses.

Als wir dort ankamen, mussten wir warten. Wie sollte ich warten, während ich das Gefühl hatte im Sterben zu liegen? Die Lichter waren grell und meine Nase nahm den beißenden Geruch der sterilen Umgebung wahr. Meine Nasenflügel blähten sich immer weiter auf, da ich damit beschäftigt war, nach Sauerstoff zu ringen.

Plötzlich wurde ich von einem Ruf nach meinem Nachnamen unterbrochen. Als wir das Zimmer betraten, bat mich der Arzt darum, mich auf der Liege zu platzieren. Dann wurde mein Blut-sauerstoff gemessen, während der Arzt mit einem dafür vorgesehen Werkzeug meinen Herztönen lauschte. "Tachykardie", sagte er plump. *Was sollte das bedeuten?*

...

Mein Herz machte einen Satz, bis es plötzlich so langsam zu schlagen begann, dass ich Angst hatte, einen Herzstillstand zu erleiden.

Das Kennenlernen mit der Angst (Teil 2)

Dann fragte er mich, ob ich Alkohol oder Drogen konsumiert hätte, was ich aber bestreiten konnte. Ich hatte das Gefühl, dass mein Herz mir aus der Brust springt und auch das Atmen fiel mir schwer. Dann überreichte der Arzt mir eine Plastiktüte und bat mich darum, in diese ein- und auszuatmen. „Sie hyperventilieren“, stellte er fest, und versuchte mich zu besänftigen, indem er mir erklärte, dass vor allem Stress diese Reaktion auslösen könnte. War ich den gestresst? In zwei Tagen war Weiberfastnacht und ich war mit nichts Weiterem beschäftigt, als nach Make-up Looks zu suchen, die meinem Kostüm am meisten schmeichelten. Die Plastiktüte konnte mir nicht helfen, doch der Arzt sagte, das mit mir alles in Ordnung sei. *Wieso log er mich an? Ich war doch krank, oder etwa nicht?*

„Sie können wieder nach Hause fahren“, sagte er, und ich fühlte mich, als würde er denken, ich halluziniere.

Aber… „Ich will hierbleiben“, sprach ich mit bebender Stimme aus.

„Nun, wir können schauen, ob ein Zimmer frei ist und dann könnten wir ein EKG durchführen, um zu schauen, ob vielleicht die Möglichkeit besteht, dass Sie eine Herzrhytmusstörung haben“, sagte er, und ich fühlte mich endlich ernst genommen. Dann rief er auf der für mich vorgesehen Station an; „Bereiten Sie bitte ein Zimmer vor. Ach, und geben Sie der Patientin eine halbe Tavor zur Beruhigung“.

Meine Mutter und ich verabschiedeten uns vom Arzt und machten uns auf den Weg in das Krankenzimmer. Dann zog ich meine Schuhe aus und platziere mich auf dem Bett, auf dem ich die Nacht verbringen musste. Meine Mutter versprach mir, dass sie mich am nächsten Tag besuchen und mit Kleidung und Hygieneutensilien ausstatten würde und verabschiedete sich mit einem von Sorge umhüllten Lächeln.

Dann kam die Krankenschwester in mein Zimmer und platzierte eine weiße Tablettenhälfte unterhalb meiner Zunge.

Stille.

Alles, was ich wahrnehmen konnte, war eine unerträgliche Stille und die weiße, fast schon ausgeblichene Wand, die sich unmittelbar gegenüber von mir befand. Mein Herz machte einen Satz, bis es plötzlich so langsam zu schlagen begann, dass ich Angst hatte, einen Herzstillstand zu erleiden. Das dumpfe Pochen meines Herzschlages nahm ich nun sogar in meinem Trommelfell wahr.

Dunkelheit.

...

Licht.

Wodka mit Orangensaft,
verrieten meine
Geschmacksknospen mir. “Das
bleibt unser Geheimnis".

Das Kennenlernen mit der Angst (Teil 3)

"Aufstehen!", rief die Krankenschwester. Dann rollte sie einen Wagen vor mein Bett, welcher mit Frühstück gedeckt war. Ich aß ein paar Bissen, dann machte ich mich mit den von meiner Mutter gebrachten Utensilien frisch. "Würden Sie mich bitte begleiten? Wir werden jetzt ein EKG durchführen.", sagte die Krankenschwester, die ein wenig verbraucht aussah, aber freundlich auf mich wirkte. Das EKG wurde mit Noppen auf mir befestigt und dann durfte ich mich zurück auf mein Zimmer begeben. Umhüllt von den vielen Kabeln begann mein Tag. Meine Mutter besuchte mich und wir verbrachten beinahe den ganzen Tag in der hauseigenen Cafeteria des Krankenhauses. Ein Stück Kuchen und ein Pirulo- Eis machten das seltsame Gefühl, das ein Gerät meine Herztöne aufzeichnet, wieder wett. Mit einem schelmischen Grinsen aß ich mit meinen zwanzig Jahren das Eis, als wäre es das erste meines Lebens gewesen. Zucker machte mich schon immer glücklich. *Bestimmt sieht man genau bei diesem*

Zeitpunkt ein Herzstolpern, dachte ich mir. Als meine Mutter sich von mir verabschiedete, um nach Hause zu fahren, fühlte ich mich einsam. Morgen war Weiberfastnacht und ich wusste, dass meine Freunde und Freundinnen nun ohne mich Spaß haben würden. Am Karnevalsmorgen wachte ich auf, traurig darüber, dass ich einen meiner liebsten Tage im Jahr im Krankenhaus verbringen musste. Dann erinnerte ich mich selbst daran, dass ich freiwillig hier geblieben war und meine Gesundheit nun mal wichtiger war, als sich in Unwissen Alkohol einzuflößen und von trillernder Musik umgeben zu sein. Als ich in meinem Bett lag, starrte ich auf meinen Handybildschirm und hoffte darauf, dass meine Freunde in Gedanken für mich angestoßen hatten. Dann riss jemand die Tür meines Zimmers auf. Was hatte eine Katze hier zu suchen? Meine beste Freundin und ihr damaliger Partner betraten grinsend das Zimmer und ich konnte glücklicher nicht sein. Meine beste Freundin umarmte mich und ich nahm einen beißenden Geruch von Alkohol wahr. "Willst du nen´ Schluck?" fragte meine beste Freundin mich. Ich wusste, dass es eigentlich verboten war, wollte mir die Chance aber nicht entgehen lassen. Also trank ich ein, ja vielleicht auch zwei Schlücke von ihrem Gebräu. *Wodka mit Orangensaft* verrieten meine Geschmacksknospen mir. "Das bleibt unser Geheimnis. Die schmeißen mich raus, wenn sie hören, das eine ihrer Patienten Alkohol getrunken hat", teilte ich meiner besten Freundin lachend mit. Ich war dankbar. Dankbar dafür, dass meine beste Freundin den Umweg auf sich genommen hatte, um mich zu besuchen. *Sollte sie nicht schon längst mit feiern beschäftigt sein?* Dann verabschiedeten wir uns voneinander und ich war zwar wieder allein, aber glücklicher als ich es bei meiner Ankunft war. Nach einer kurzen Zeit betrat die Krankenschwester mein Zimmer und löste das EKG von meiner Brust. Von Kabeln umwickelt, verließ sie das Zimmer, bis die für mich zuständige Stationsärztin es eine kurze Zeit später betrat. Dann klärte sie mich darüber auf, dass das EKG keine auffälligen Befunde aufwies und ich gesund sei. Lediglich ein paar Extrasystolen, die unbedenklich waren, konnte das EKG aufzeichnen. Jetzt wusste ich nicht wo mir der Kopf stand. *Wieso hatte es sich am Tag der Einweisung dann angefühlt, als würde ich einen Herzinfarkt erleiden?*

Das Licht war grell und fühlte sich an, als würde es meine Sicht verschleiern.

Das Kennenlernen mit der Angst (Teil 4)

Für andere mochte es erfreulich sein, dass sie gesund waren und es keine besorgniserregenden Befunde gab, aber für mich brach eine Welt zusammen. Ich hatte das Gefühl, dass die Ärzte etwas übersehen haben mussten. Ich sollte eine weitere Nacht zur Kontrolle im Krankenhaus verbleiben. Am Abend vor der Entlassung holte mich die Angst begleitet von Herzstolpern ganz plötzlich wieder ein. *Sollte mein Leben von nun an für immer so aussehen?* Es war bereits nach 22 Uhr, dann klopfte es an der Tür. Wer konnte das sein? Die Besuchszeit war schon längst vorbei gewesen. Dann betrat mein damaliger bester Freund das Zimmer. Mit einem geheimnisvollen Grinsen begrüßte er mich. "Ich habe mir Sorgen um dich gemacht, wieso sagst du denn nichts? Ob du es glaubst oder nicht, aber ich konnte die Krankenschwester überreden, dich jetzt noch besuchen zu dürfen!". Dann drückte er mir eine Schachtel Pralinen in die Hand und wir führten unzählige Minuten die tiefgründigsten Gespräche. Auf einmal sprang ich aus meinem Bett auf und griff panisch nach meiner linken Brust. Da war sie wieder, die Angst. Sie holte mich schneller ein als ich es für möglich gehalten habe. Dann teilte ich meinem damaligen besten Freund panisch mit, dass mein Herz genau in diesem Moment ausgesetzt hatte. Er drückte auf den Knopf und eine Krankenschwester stürmte wenige Sekunden danach das Zimmer. "Was ist los?", fragte sie mich, und ich versuchte ihr zu erklären, dass ich Hilfe brauche und Angst habe, dass mein Herz jeden Moment aufhört zu schlagen. Dann setzte sie sich neben mich und erklärte mir, dass ich Panikattacken hätte. *Was sind denn auf einmal Panikattacken und wo kommen sie her?* Sie bat mir ein pflanzliches Beruhigungsmittel aus Baldrian und Hopfen an und brachte mir zwei überzogene Tabletten und ein Glas Wasser. Während mein Herz nur so vor sich hin stolperte, nahm ich die Tabletten ein. Schleichend aber dennoch deutlich spürbar konnte ich mich beruhigen. Mein Herz schlug wieder im richtigen Takt und meine Angst wurde mit den Tabletten tief in mir vergraben, vorerst. Ich schlief, nachdem die Krankenschwester und mein damaliger bester Freund das Zimmer verlassen hatten, sofort ein. Als ich am nächsten Morgen aufwachte, wurde mir mitgeteilt, dass ich entlassen werde. Einerseits hatte ich mich darüber gefreut, andererseits vermittelte mir die Diagnose *Angststörungen mit unbedenklichen Extrasystolen* ein unangenehmes Gefühl. Weil meine Mutter arbeiten war, verließ ich das Krankenhaus allein, um mich auf den Weg nach Hause zu begeben. Das Licht war grell und fühlte sich an, als würde es meine Sicht verschleiern. Glücklicherweise gewöhnten meine Augen sich schnell daran, sich nicht mehr in einem düsteren, nach Desinfektionsmittel riechenden Krankenzimmer zu befinden. Auf dem Weg nach Hause machte ich mir Gedanken darüber, wie ich nun mit der Diagnose umgehen sollte. *Angststörungen? Ich meine, ich wusste, dass es sowas gab, aber ich und Angststörungen passten irgendwie nicht zusammen.* Ich wollte es schlicht und ergreifend nicht wahrhaben. Als ich zu Hause angekommen war, versuchte ich, meinen alltäglichen Beschäftigungen nachzugehen. Ich fühlte mich erstaunlich gut im Gegensatz zu dem Tag, an dem ich das Krankenhaus aufsuchen musste. Und als ich die Angst schon fast vergessen hatte, übernahm sie meinen Körper wieder vollends.

Die Angst sollte mich von nun an für immer begleiten, denn sie übernahm meinen Körper.

Als die Angst meinen Körper übernahm

Eine Sache kann ich euch verraten, Angststörungen sind nicht heilbar, wenn man sich nicht auf die Heilung einlassen möchte. Ich wollte mich ebenfalls nicht darauf einlassen und wurde eines Besseren belehrt. Jeden Tag wurde ich von dem Gefühl der Angst übernommen wie ein Dämon es bei seinem Wirt machen würde. Ich hatte mich wirklich angestrengt mich zu beruhigen, wenn mein Herz wieder zehn Sätze zu viel machte, aber all diese Anstrengungen waren irrelevant für meine Angst. Mit der Zeit stellte ich fest, dass die Angststörungen mich von nun an lebenslang begleiten würden. Im Wechsel übernahmen die Angst und ich die Kontrolle. Intervalle zwischen Anspannung und Entspannung waren mein Alltag geworden. Mit der Zeit hatte ich etliche Beruhigungsmittel und Atemtechniken ausprobiert. Mein bester Freund hieß Baldrian. Diese Tropfen schmeckten bitter, schafften es aber in den meisten Fällen, meine Angst zu reduzieren. Das Schlimmste an Angststörungen ist, dass der größte Teil deines Umfeldes dich nicht ernst nimmt. Damit möchte ich mein Umfeld nicht pauschalisieren, aber betonen, dass jene Personen, die noch nie unter Angststörungen gelitten haben, das Gefühl des gefühlt ewig anhaltenden panischen Zustands noch nicht kennenlernen durften. Zum Glück! Nicht einmal meinem größten Feind würde ich diesen Zustand wünschen. Wenn man sich den Körper mit der Angst teilt, bleibt nicht viel Raum dafür, realistisch zu denken. Sich jegliche Erkrankungen einzubilden klang im panischen Zustand meines Seins realistischer, als gesund zu sein. Irgendwann hatte die Angst Überhand genommen. Selbst wenn ich einschlief, wurde ich von ihr eiskalt und unangekündigt wieder wach gerissen. Ein Zusammenspiel aus Einschlafen und Aufschrecken wurde zu meiner persönlichen Schlafroutine. Mehrere Monate musste ich mich mit den intensivsten Schüben meiner Angststörung auseinandersetzen, nein, ich war ihr sogar ausgeliefert. Arztbesuche waren keine Seltenheit mehr für mich, weil ich jede mögliche Erkrankung, die hinter meinem Leiden stecken konnte, ausschließen wollte. Aber auch das gute alte Ausschlussprinzip hatte mich nicht weitergebracht, also musste ich selbst eine Lösung finden. Therapieplätze waren ohnehin begrenzt und ich war ehrlich gesagt zu „stolz“ um mir professionelle Hilfe zu suchen. Außerdem hatte ich oft das Gefühl, nicht krank genug zu sein, um mir helfen zu lassen. Es war nie meine Intention, anderen Menschen, die eher auf die Hilfe angewiesen waren, den Therapieplatz zu entziehen. Spoiler-alert: Die Angst sollte mich von nun an für immer begleiten, denn sie übernahm meinen Körper.

Sie kommt und geht schleichend,
manchmal aber auch plötzlich
und unerträglich.

Als die Angst zur Gewohnheit wurde

Auch einige Jahre später wich die Angst, so nett wie sie war, nicht von meiner Seite. Ich war es bereits gewohnt von Panikattacken eingeholt zu werden und hatte Techniken und Praktiken entwickelt, mit ihnen umzugehen. Zwar war die Intensität der Panikattacken weniger ausgeprägt als zum Zeitpunkt der Diagnose, dennoch waren sie intensiv genug, um mich physisch und psychisch auszulaugen. Baldrian war immer noch mein Retter in der Not gewesen, wenn mein Herzstolpern mich um den Verstand gebracht hatte. Wenn ich beschreiben müsste, wie es sich anfühlte von Panikattacken begleitet zu werden, würde ich es grafisch als Kurve darstellen. Langsam bahnt sich die Panikattacke an und löst das erste Herzstolpern aus. Das erste Stolpern fühlt sich an, als würde man einen Heizboiler einschalten. Dann nimmt man das Stolpern in kurzen, wehen-ähnlichen Abständen wahr. Der höchste Punkt der Kurve ist dann erreicht, wenn man sich der Panikattacke vollends ausgesetzt fühlt. Kalter Schweiß,

Platzangst in der eigenen Kleidung, zittrige Hände und eine verschwommene Sicht schütten so viel Adrenalin aus, dass man bereit dazu wäre, Bäume auszureißen. Sobald die Intensität der Panikattacke abschwächt, bricht eine Welle der Erschöpfung aus. Das ist der Moment, in dem die Kurve ihren tiefsten Punkt ansteuert. Wurde der tiefste Punkt erreicht, endet die Panikattacke. Von dort an kann der Alltag wieder bewältigt werden als wäre nie etwas gewesen. Das ist der entscheidende Punkt des Ganzen. Gewöhnt man sich einmal daran, dass man alle Panikattacken und Angstzustände überlebt hat, kann man sich auf den Prozess der Verarbeitung einlassen. Ich habe lange für meinen individuellen Verarbeitungsprozess gebraucht. Solange, dass es zur Gewohnheit wurde, Zeit mit der Angst zu verbringen, als wäre sie ein guter Freund. Ich stelle die Angst bewusst so dar, als wäre sie mein Freund. Wenn man sich daran gewöhnt, Zeit mit ihr zu verbringen, dann kann man sie besser verstehen. Die Angst ist nämlich nicht immer unbegründet. Vor allem an stressigen Tagen oder dann, wenn ich mich in Gegebenheiten hineinsteigere besucht sie mich. Beinahe mit einem Lächeln strotzt sie mir entgegen, bevor sie sich in mir ausbreitet. Der Unterschied dabei; ich lasse sie zu. Die Angst ist meine Gewohnheit geworden und begleitet mich zu den unterschiedlichsten Anlässen.

Sie geht mit mir arbeiten,

Sie geht mit mir einkaufen,

Sie geht mit mir feiern,

Sie geht mit mir spazieren,

Sie geht mit mir schlafen,

Sie wacht sogar wieder mit mir auf,

aber sie entfacht sich längst nicht mehr in dem Ausmaß, wie ich es zu Kennenlernzeiten von ihr gewohnt war. Sie kommt und geht schleichend, manchmal aber auch plötzlich und unerträglich.

Die Angst und ich haben uns angefreundet, als ich sie ernst genommen habe.

Als die Angst und ich Freunde wurden

Kann man eine Freundschaft mit der Angst führen? Ja, wenn man bereit ist, sie als das zu akzeptieren, was sie ist. Ein Schutzmechanismus, den der Körper sich für einen ausgesucht hat.

Triggerwarnung: Ich möchte hierbei betonen, dass es sich um meine persönlichen Erfahrungen handelt. Es gibt selbstverständlich auch Angststörungen, die einen Menschen gesundheitlich gefährden könnten. Wenn du vielleicht davon betroffen bist, möchte ich dich Wissen lassen, dass du nicht allein bist. Dennoch würde ich jedem raten, die Angstzustände ärztlich abzuklären, bevor man die Sache selbst in die Hand nimmt.

Ich für meinen Teil habe gemerkt, dass die Panikattacken sich vor allem dann in mir breit machen, wenn ich überreizt bin. Ich habe nicht nur Angst in dem bereits beschriebenen Zusammenhang, sondern auch in anderen Lebensbereichen. Ich habe Angst davor wichtige Anrufe zu tätigen, dem Postboten die Tür zu öffnen und vor allem Angst davor, was andere über mich denken könnten. Wenn ich angerufen werde, versuche ich mein Bestes, um den Kontakt per Mail zu erreichen. Wenn der Anruf unausweichlich ist, aber auch nur dann, gehe ich im Kopf alle möglichen Szenarien durch und studiere das, was ich sagen möchte beinahe ein. Nicht selten erwische ich mich dabei, wie ich aus dem Konzept gerate. Auch die sogenannte soziale Batterie hat einen großen Einfluss darauf, wie ich mich fühle. Ist sie einmal ausgeschöpft, teilt meine Angst mir mit, dass ich *Me-Time* brauche. *Me-Time* ist der Schlüsselbegriff, wenn es darum geht, auf seinen eigenen Körper zu hören. Auf den Körper zu hören bedeutet, Signale, seien sie noch so klein, wahr- und ernstzunehmen.

Du hast das Recht darauf, dich zu entspannen. Du hast das Recht darauf, Zeit mit dir selbst zu verbringen und du hast auch das Recht darauf, deinen Liebsten abzusagen, wenn du dich doch nicht danach fühlst. Niemandem, außer dir selbst, bist du eine Rechenschaft schuldig.

Die Angst und ich haben uns angefreundet, als ich sie ernst genommen habe. So wie ich wollte, dass mein Umfeld mich ernst nimmt. Die Angst ist aus dem Grund mein Freund, weil sie bei mir ist ohne mich zu verurteilen. Sie mag unangenehm sein, aber sie hat ihre Daseinsberechtigung, weil sie mich davor schützt mich psychisch oder physisch zu verausgaben. Sie will nicht, dass ich leide. Sie will mir auf ihre Art mitteilen, dass ich einen Gang runterschalten darf, nein, *soll!*

Hätten wir Menschen keine Ängste, was wären wir dann?

Angst als Bestandteil meines Seins

Mittlerweile haben die Angst und ich eine Fusion gebildet. Herzstolpern vernehme ich als Warnung davor, mich selbst zu überlasten. Schwindel signalisiert mir, dass ich mich nun setzen und durchatmen muss. Derealisierung bedeutet, ich habe es mal wieder zu lange hinausgezögert einfach mal, umgangssprachlich ausgedrückt: zu CHILLEN.

Was meine ich nun mit der Angst als Bestandteil meines Seins?

Nun, sie ist ich und ich bin sie. Fairer Tausch würde ich sagen. Leider ist es nicht so fair, wie man es sich vorstellen mag. Dieses Jahr habe ich feststellen müssen, dass es nicht gerade smart von mir war, keine Therapie in Anspruch zu nehmen. Viel zu stolz war ich, um mich wirklich dazu zu überwinden. Zwar habe ich einige Praxen kontaktiert; per Mail natürlich, dennoch ist es am Ende dann nie dazu gekommen. Andere waren mehr darauf angewiesen als ich. Das war und ist meine Denkweise bis heute. PS: Bitte verurteilt mich nicht dafür. Angst als Bestandteil meines Seins zu bezeichnen hat legitime Gründe. Zum einen strahlt sie sich auf mein Selbstbewusstsein aus und zum anderen traue ich mich als Sozialarbeiterin nicht, einen sozialen Vollzeitjob anzutreten. Ist das nicht paradox? Nun mache ich ein Masterstudium in der Hoffnung, meine Angst bis zum Abschluss in den Griff zu kriegen. Es sind keine ständigen Panikattacken mehr, sondern generalisierte Ängste geworden. Ich rede mir ein, nicht gut genug zu sein, nicht den Werten und Normen dieser Gesellschaft zu entsprechen oder gehe immer vom Schlimmsten aus. Was denkt ihr, wieso ich erst mit 25 Jahren meinen Führerschein gemacht habe? Genau aus dem Grund, dass die Angst und ich uns einen Körper und eine Seele teilen. Während ich die Zeilen schreibe, muss ich grinsen, weil ich weiß, dass ich gleich mit dem Auto fahren muss. Ratet mal, wer sich vom Gänge schalten mehr stressen lässt als es erlaubt ist? Richtig geraten, ich. Und vielleicht auch du? Fakt ist: Ich weiß, dass ich nicht alleine bin und es sehr viele Menschen geben muss, die sich mit meiner Gefühlswelt identifizieren können. Es wäre ja wirklich gelacht, wenn ich die einzige wäre. Mein Kopf teilt mir zwar manchmal mit, ich wäre tatsächlich allein, aber da falle ich heutzutage kaum noch drauf rein.

Wenn ich mal genauer überlege, glaube ich sogar, dass die Angst Bestandteil eines jeden Seins ist. Jeder wird im Leben von Ängsten begleitet, auch, wenn diese sich individuell äußern. Hätten wir Menschen keine Ängste, was wären wir dann?

Ich glaube dir, auch wenn wir uns nicht kennen

Meine Tipps an Betroffene (Teil 1)

Wenn du dich mit meiner Geschichte identifizieren konntest, dann möchte ich dir eines mit auf den Weg geben: Ich glaube dir, auch wenn wir uns nicht kennen. Ich weiß, wie erniedrigend es sich anfühlt, wenn andere einem keinen Glauben schenken. Bei mir hat es teilweise länger gedauert um zu verstehen, dass es egal ist, ob andere *Glauben*. Du selbst hast es am Ende in der Hand, wie du mit deinen Ängsten umgehen willst. Möchtest du es mit einer Therapie versuchen? Möchtest du essenzielle Dinge in deinem Leben umkrempeln, die deine Ängste begünstigen? Möchtest du dir Zeit für den Heilungsprozess lassen? All diese Wege sind okay! Es gibt nicht *den* einen Weg, der dich von deinen Ängsten befreit. Eigentlich muss ich sogar ehrlich sein und dir mitteilen, dass ein Mensch sich nicht vollständig von seinen Ängsten befreien kann. Lediglich die physischen und psychischen Symptome, die mit ihnen einhergehen, lassen sich deutlich reduzieren oder verschwinden fast gänzlich. Ich denke, das ist aber genau das, was du erreichen möchtest. Ruhe. Und wie du zur Ruhe kommst, versuche ich dir jetzt zu erklären.

Tipp 1 - Zulassen: Wenn du spürst, dass sich eine Panikattacke anbahnt, lasse sie zu. Wenn du sie verdrängen willst, platzt sie in der nächsten Sekunde noch stärker aus dir heraus. Heiße die Angst in deinen Gedanken Willkommen und teile ihr mit, dass sie sich nicht verstecken muss. Ich habe mir manchmal einen Scherz daraus gemacht und ihr in meinen Gedanken gesagt, dass sie mir nicht wieder auf den Keks gehen soll und ich schon längst weiß, dass sie mich schlichtweg verarschen will! Lasse sie zu, lache sie aus oder verbringe den Moment mit ihr und du wirst hoffentlich schnell merken, dass sie wieder verschwindet. Besonders wichtig ist es, dass du sie zwar zulässt, ihr aber nicht erlaubst, dir deinen Verstand zu rauben. Mit Zulassen ist nicht das Hineinsteigern gemeint, sondern die reine Koexistenz.

Tipp 2 - Atmen: Mit Atmen meine ich nicht das, was wir im Alltag tun, um zu überleben, sondern das bewusste Atmen. Suche einen ruhigen Raum auf, in dem du dich möglichst geborgen fühlen kannst. Dann atmest du so oft tief ein und aus, bis dein Herzschlag sich verlangsamt. Es gibt auch verschiedene Atemtechniken, die extra dazu dienen den Herzschlag zu verlangsamen. Eine, die ich sehr gerne verwende ist die Technik des Gegenatmens. Dafür hältst du deine Nase fast vollständig zu und dann atmest du gegen den Widerstand. Schnell wirst du merken, dass es schwierig ist, die Luft aus der Nase zu befördern. Pass aber bitte auf deinen Kreislauf auf! Ich empfehle dir, die Übung nur ein bis zweimal durchzuführen.

Auch, wenn diese Tipps sich für mich als besonders hilfreich erwiesen haben, heißt das nicht, dass sie bei dir wirken.

Meine Tipps an Betroffene (Teil 2)

Tipp 3 - ASMR: Ich denke, ich muss dir nicht erklären, was ASMR ist, aber ich mache es trotzdem ganz kurz. Es ist die sogenannte unabhängige sensorische Meridanreaktion, die bei Geräuschen ausgelöst wird, die für dich persönlich als besonders angenehm empfunden werden. Eine sensorische Meridanreaktion äußert sich durch Kopfkribbeln, Gänsehaut oder ähnliche Reaktionen. Diese Reaktionen kannst du vielleicht auch empfinden, wenn du es ausprobierst, dir ein ASMR- Video anzuschauen oder nebenbei einzuschalten. Es gibt verschiedene *Trigger*, also Gegenstände, die in diesem Video möglichst angenehm klingend verwendet werden. Ich schlafe seit zwei Jahren fast täglich damit ein und schäme mich nicht dafür.

Tipp 4 - Pflanzliche Hilfsmittelchen (rezeptfrei): Ich weiß nicht, inwieweit ich Empfehlungen für pflanzliche Hilfsmittel aussprechen darf, aber ich stelle dir nun die vor, die ich bis heute verwende, wenn wirklich nichts mehr hilft.

Baldrian: Baldrian gibt es in verschiedenen Darreichungsformen. Ich mag die Tropfen am liebsten, auch wenn sie bitter schmecken. Die Wirkung ist beruhigend und macht einen sogar manchmal richtig müde. Deswegen nennt man Baldrian auch Schlafkraut.

Melatonin: Auch Melatonin gibt es in verschiedenen Darreichungsformen. Das Spray gefällt mir besonders gut, weil es meist angenehm schmeckt. Melatonin ist das Schlafhormon, was der Körper täglich selbst produziert und ausschüttet. Daher solltest du nur dazu greifen, wenn du nicht einschlafen kannst. Du musst dich dafür in einem dunklen Raum befinden, weil Licht den Abbau des Hormons fördert.

Auch, wenn diese Tipps sich für mich als besonders hilfreich erwiesen haben, heißt das nicht, dass sie bei dir wirken. Ich rate immer dazu, erst einen Arzt oder Apotheker aufzusuchen, wenn es darum geht, Medikamente einzunehmen. Ängste und Angststörungen können schlimmer sein, als ich sie erlebt und empfunden habe. Wenn du dich überwinden kannst, suche in jedem Fall ein Erstgespräch bei einem Therapeuten oder einer Therapeutin auf, der/die sich auf dieses Gebiet spezialisiert hat. Ich möchte Angststörungen keinesfalls verharmlosen! Bitte sei dir über den Ernst der Lage bewusst und lass dir helfen, wenn du alleine keine Lösung findest.

Ja, die Angst und ich haben uns tatsächlich angefreundet, so paradox es auch klingen mag.

Nachwort

Danke, dass du bis hierhin gelesen hast. Ich hoffe, ich konnte dich mit meiner Geschichte ein wenig inspirieren oder aufklären. Ich lebe seit 5 Jahren mit Angststörungen und wollte schon immer beschreiben, was in mir vorgegangen ist. Ich kann behaupten, dass ich mittlerweile mit ihnen umzugehen weiß und bin dankbar dafür. Es ist ein langwieriger Prozess, der nicht unterschätzt werden sollte. Diese Geschichte zu erzählen hat mir gutgetan. Es war regelrecht befreiend mit jeder einzelnen Zeile, die ich verfasst habe. Ja, die Angst und ich haben uns tatsächlich angefreundet, so paradox es auch klingen mag. Auch meine Familie und mein Freundeskreis nehmen mich mittlerweile ernst. Wenn du vielleicht keine Angststörungen hast, möchte ich dir einen wichtigen Rat geben; Angststörungen und die damit einhergehenden Panikattacken sind nicht immer sichtbar. Dein Gegenüber könnte gerade regelrecht durch die Hölle gehen, ohne, dass es dir auffällt. Ich selbst befinde mich während den Panikattacken oft in einem Tunnel und es fühlt sich so an, als müsste man um´s Überleben kämpfen. Die beste Technik um dem Tunnel zu entkommen ist Ruhe. Wenn jemand eures Umfeldes zu den Betroffenen zählt, dann sind Wahr- und Ernstnehmen die wichtigste Lösung, um zu helfen. Sprüche wie: "Chill doch einfach mal" oder "Trink doch mal was", sind das schlimmste, was man sagen kann!

Ich bin dankbar, dass ich heute an dem Punkt bin, wo ich sagen kann, dass ich die Angststörung weitestgehend Griff habe. Und vielleicht bist du, wenn du selbst betroffen bist, die nächste Person, die diesen Punkt erreicht. Ich glaube fest daran, dass man sich mit der Angst anfreunden kann, wenn man fest daran glaubt. Dennoch möchte ich deutlich betonen, dass man die Angststörung nicht alleine, ohne ärztlichen Rat bewältigen sollte! Es gibt, wie in vielen Bereichen des Lebens, Grenzen. Hast du deine persönliche Grenze einmal erreicht, musst du handeln.

So komisch es auch klingen mag, aber gerne tausche ich mich mit dir aus. Vielleicht kann ich dir die Angst ein wenig nehmen.

Ein besonderer Dank geht an meine Liebsten, die mich sofort oder auch erst mit der Zeit ernst genommen haben. An meine Liebsten, die mich immer unterstützen und es akzeptieren, wenn meine soziale Batterie mal wieder leer ist.

Danke Mutch, danke Schwesterherz,

Danke Schatz, danke Krepel,

Danke Manu, danke Rina,

Danke auch an meine zweite Familie, die mich zu Beginn liebevoll aufgenommen hat.

Auf euch kann ich immer zählen und ich bin unendlich glücklich, ein Teil eures Lebens sein zu dürfen. Ohne euch kein ich.

MANDY AHRWEILER

Angst ist der Bestandteil eines jeden Lebens.
Ich leide seit 5 Jahren unter Angststörungen und weiß, wie schwer es manchmal sein kann. Oft habe ich mich nicht ernstgenommen gefühlt, aber heute weiß ich, dass Angststörungen sehr wohl ernst zu nehmen sind. Mein Buch widme ich allen Menschen, die selbst unter Angststörungen leiden und auch den Menschen, die über das Thema aufgeklärt werden möchten.

Loved this book?
Why not write your own at story.one?

Let's go!